時間是母親

王鷗行著

何穎怡譯

時間是母親

THỜI GIAN LÀ MỘT NGƯỜI MẸ

獻給
彼得與
我的母親，黎金紅，應聲上前者

主啊，寬恕我：我這麼年幼就死掉。

——塞薩爾．巴耶霍[1]

1 塞薩爾．巴耶霍（César Vallejo，一八九二—一九三八），祕魯詩人作家，被認為是二十世紀最重要的詩歌改革者。曾在家鄉因不明罪名被捕坐牢一一二天，後前往巴黎，因為被視為左翼運動者，一度被法國驅逐，最後死於巴黎。

目錄

公牛[1]

牠獨自站在後院，如此烏黑
包圍牠的夜竟成紫色。
我別無選擇。開門
&走出去。風
掃樹枝。牠看我的眼睛煤油般湛—
藍。
我問，你想要什麼，忘記我

並無語言。牠繼續呼吸，
才能活著。那時我是少年[2]——
這代表我謀殺了
我的童年。&就像所有謀殺者，我的神
是靜[3]。我的神，牠在那兒

靜靜。像是無嘴之人的
許願成真。藍綠色的燈火在
插座裡旋轉。我不想
要牠。我不想要
牠如此美麗——但是渴望美麗
勝過渴望傷痛已經溫柔到
足以希冀。我
伸手摸牠。我探觸的——並非公牛——
而是深邃。不是答案而是
動物形狀的
入口。如我。

1 希臘神話中腓尼基公主歐羅巴（Europa）被天神宙斯引誘，當時宙斯化身為公牛，不同於此詩的，該公牛雪白。

2 作者原文是寫 I was a boy—which meant I was a murderer of my childhood。英文裡的 boy 通常雖翻譯為「男孩」，但是嚴格定義上，直到十八歲前都可以稱為 boy。故此處翻譯為少年，以對應後面謀殺了「童年」，用「男孩」恐有混淆之嫌。

3 此句作者用的是 my god is stillness，典故應該來自聖經詩篇「要靜，知道我是神」（Be still and know that I'm God）。耶和華要世人靜心，認識神，交給神。

第一部

雪的理論

這是最棒的一天
二〇〇六年之後我不曾殺戮一物
外頭的黑，溼漉如新生兒
我折起書頁&馬上
想自慰
我們如何返回自我
如果不折起書頁指出其精妙處
又一個國家在電視上燃燒
我們能永遠擁有的必是我們已經失去的
雪地裡，乾燥處有我母親的線條
我說，保證妳不會再度消失
她躺在那兒一會，思索此事
屋舍一一燈火熄滅

我躺下來覆蓋她的線條，保有她的存在
我們一起形成一個天使
它看來像被暴雪摧毀的東西
我不曾殺戮一物迄今

親愛的彼得

在這裡他們對我
很好如你
保證的他們
不讓我忘記這個
世界但是噢呃
我再度遁回
腦裡
那兒很安全因為
我不在
那兒贊安諾[1]
溶解&我很
OK這張床
不再困陷

於大海那門
　此刻也靠得
較近&我將
　暫泊一些時日
我走向
　閱讀室
他們有飛越
　杜鵑窩[2]你
相信嗎但是嗨
　我想我好了些
雖然昨日在庭院
　我發現
我依然畏懼
　蝴蝶
牠們飛起來如此
　像心在
著火我知道這完全

沒道理這藥丸
是骨片般的意志
瓦解我的意志彼得
我為必須
死去的人
感到遺憾儘管
事實是人都會死我也曾是
十五歲可是
誰又知道我說謊
好讓自己
不漂離
自己你
不會
相信某個男人
有次在 Walgreens 藥妝店
後面說
我可以讓你看起來

像真實的
　他說幹
幹啊你多麼
　像我的小弟弟
所以我隨便讓他
　吻我噢呃
童年
　不過是牢籠
放大
　就像這片穿過勒戒所窗戶的
陽光看起來像真的
　窗下一個女孩
服用了美沙酮[3]
　朝一隻
埋頭猛撞米色牆壁的
　米色蝴蝶
獨自鼓掌彼得

　我現在穿著你的海綠色襪子
好讓你近在身邊我發誓
　當我出去
我將學會游泳
　徹徹&底底
人體會浮
　是有理由的或許
我們可以直直游向
　理智[4]抓住它
轉身後踢讓我們回到
　岸邊彼得我想
這次我終於
　做對了或許
我已經在打勝仗雖然
　看似
我的指頭在顫抖

1 贊安諾（Xanax）是抗焦慮抗憂鬱藥物。

2 《飛越杜鵑窩》是講述精神病患的小說，後來改編成奧斯卡獎名片。

3 美沙酮是取代成癮毒品的藥物，勒戒時所用。

4 此處，作者前面的「理由」用的是 reason，後面則以 it 取代 reason。中文翻譯裡，reason 可做理由、道理、理智。

裸泳

有些男孩
　震懾死亡於
這樣的高
但我還是想
　趴到你下面
躍下
我以錯誤
　打造而成的橋
看啊
他們說謊

這兒的人
從不醜惡看啊
要是你能看見
以前的我
我曾祈禱
我是從那動詞
精確躍下
褪去
我最好的襯衫
這塊破布&咆怒
一朵在夏日齒間
已經錯過時節的鬱金香
像斷頭臺的

利刃我不會
選邊站
　　我的名字是一個
過去式在那裡
我永久置放了
　　我的雙手噢
它應該
足以存活
　　&獨自死去
伴隨音樂
在你舌間
　　從任何地方
躍下&以那兒

為家
　感覺溫暖&滿滿
空無噢
一直以來
　我總是抱著希望
—藍色[1] Vans 鞋在腳
希望轉移你
　不去注意我平扁的臀部
有用嗎噢
我的族類啊我的族類
　我以為這
墜落會

殺死我
但它只是
讓我真實

1 作者此處把 hope-blue 拆成兩句，既代表抱著希望，也表示 Vans 鞋是「希望藍」（hope blue）這種藍色。

矮小的美麗失敗者[1]

退後，我是連勝中的失敗者。

我反穿你的婚紗&在這些街頭彈奏空氣吉他[2]。

我最常舔自己的嘴&什麼樣的福佑啊。

我最正常的地方是肩膀。我警告你了。

我來的地方夜半僅僅一秒
&樹木看似祖輩們在雨中歡笑。

打有記憶以來我就偏好平凡的身體，包括這個。

何以過去式永遠比較長？

歌的記憶是聲音的影子還是這問題太過分？

有時，我無法入眠，我想像梵谷對著割掉的耳朵吟唱李歐納．柯恩的〈哈利路亞〉[3]&感覺平靜。

雨中的綠聲，聲中的綠雨。

噢不。傷感逐增。真是失禮。

嗨（敲我的腦袋），我們現在可以回家了嗎？

那一次傑士森在胸部手術[4]後昏倒於丹尼簡餐店的三層巨無霸煎餅上。

一分鐘前，他才含淚笑說，不敢相信我失去了乳頭。

他的哀傷今晚在我這兒終結。

警察因我們做夢攔下我們的車，我朝他大喊：就在今晚終結！

我沒嗨，警官，我只是不相信時間。

明日，晴時多雲有機會[5]。

警官，我不再聊天，只談心中所想。

我的腦海，遍地烽火

我站在這座名為我的懸崖上&這不是翅膀，它們是未來。

打有記憶以來我的身體就是市長的夢魘[6]。

現在我是矮小的美麗失敗者舞蹈於緣[7]中。

你認為我們要去的地方我需要配槍嗎？

你能相信我的叔叔在柯特[8]工廠十五年
最後用的卻是皮帶嗎？

這才叫紀律。這才叫我的天。

或許他看到渺小東西穿越龐然之物
比較像是鳥在籠中而非話在口中。

除非打破無人可以自由。

有次他跟我說，我不悲傷，笑著，我只是始終在這裡。

你看，警官？魔術是真的——凡是人都會消失。

你為何不笑？

不，不是美——而是你&我竟然活得比美還久。於此尤甚。

不知怎的，我連續數日正常。得以看見庭院
晚暉，在骨灰色的欄杆留下

血跡。讓你我沉溺其中的春日衝擊佇留
片刻&實實在在。當我說我泰半是雄性
也是實實在在。我記得失敗的每個囊泡一如人們在宗教洗禮後
會記住的上帝：孤獨，難以置信&完好。

我知道。我知道你一直在哭泣的房間.
叫做亞美利堅。

我知道門尚未被發明。

終於，多年後，現在我是專業失敗者。

我在失敗中所向無敵！我在擦拭傑士森
上床前引流袋一路滲流滴落的地板。

我不再說話，警官，我在雨中
穿婚紗跳舞&它一點也不違和。

因為我的叔叔決定離開人間，完整無缺。

因為切掉身體的一部分
讓我的朋友更形完整。

因為我來的地方樹木就像家人

在我的腦海歡笑。
因為當希望初萌我類僅存我一人。
因為在這個簡短美麗的人生裡
我僅有的建樹是
在連勝中失敗。

1 詩名〈美麗的矮小失敗者〉（*Beautiful Short Loser*）典故來自加拿大已故詩人歌手李歐納・柯恩（Leonard Cohen）的著作《美麗失敗者》（*Beautiful Loser*）。矮小此處是指作者的身材。

2 空氣吉他（air guitar）是手上沒有吉他假裝有吉他的模擬演奏。

3 〈哈利路亞〉（Hallelujah）是李歐納・柯恩的經典歌曲。

4 胸部手術（top surgery）特指變性人的平胸或增胸手術。

5 此處用的是氣象術語 partly cloudy with a chance，通常是「晴時多雲偶陣雨」（with a chance of rain，此處句型開放，作者沒明示偶「什麼」。

6 此詩最早發表時，市長的夢魘（mayor nightmare）是小城夢魘（small town nightmare）。

7 綠常被視為同志的代表色。根據英國《衛報》，著名歌曲〈綠門之後〉（*Behind the Green Door*）描述一扇綠色的門後總是傳來歌聲與歡笑聲，不得其門而入者，好奇幻想綠門之後是什麼？典故來自倫敦 Kings Road 二三九號的 Gateways 俱樂部，一九三六年起，它成為只對「女同志」會員開放的夜店，一九八五年收山。它的大門是綠色的。綠色因而與同志文化掛勾。

8 柯特（Colt）是槍枝工廠。

古老的榮光[1]

幹死他們，大個兒。走進去
槍火四射，兄弟。你在節目裡
威風八面。不，那是壓倒勝。不，
那是大屠殺。絕對的趕盡殺絕。我們閹了
他們。我的兒子是猛獸。女性
—殺手。獵艷手段光明，直接幹翻
她們。一位核彈級金髮妞。你會轟垮
她們。讓我們打包這騷貨[2]。讓我們三劈[3]
那個玻璃。讓我們幹到他腦漿迸流。
那女孩是你捨生取義的手榴彈[4]。她那兒簡直是
滿目瘡痍[5]。我還是會啪啪啪了她。我會直搗
黃龍。我笑到崩潰。太捧腹了。你真的
笑死人不償命。我快沒氣了。

兄弟，講真的，我掛了。

1 古老的榮光（old glory）是美國國旗的俗稱。作者此處旨在表現讚美詞彙或者性詞彙裡有太多與暴力的關聯，就和國旗的聯想一樣。

2 英文用 bag，典故來自 bodybag（裝屍袋）或者活抓俘虜（bag 當動詞，蓋布袋）。都是把性愛當征服。

3 三劈此處用的是 spit roast，是定義比較嚴格的三人性愛，兩男（主動）一女（或一男，被動），一人從肛門（陰部）進入，第二人給第三人口交。原文的 roast 有翻來翻去烤的意思。中文也用「劈」對應，表現破壞力。

4 手榴彈（grenade）指社交活動裡辣妞中的醜妞，被冷略可能會壞掉整個場面，必須有人義勇撲上去，以免爆炸波及同袍，英文叫 jump the grenade。

5 原文用 Nam，亦即越南的簡稱，後擴張成如越戰般慘烈的場面。

你們兩個啊

深夜兩點刷牙
我朝
背後說
你們兩個啊你們兩個啊我說真的
我們要怎麼解決
這一團糟呀我的聲音
因 Wintergreen 牙膏泡沫而模糊我們
現在該怎麼辦啊
我很心痛看到
心頭所愛之物
如你們
一起熬過
皮開肉綻也不分開[1]

　的你們我以你倆為傲
說話時我唇內的泡沫湧出
　轉為粉紅我聽說
我們的血液是綠色的卻為這個世界
　抹上終結我的名字
是我一直等待
　事故現場的地方你們兩個你們
有在聽我說嗎我很抱歉
　我唯一的用處
是語言你們還
　清醒嗎我邊問邊看向水槽
在那裡我輕輕擱放了
　兩隻白兔
那是我在愛蜜麗的住處一起看了《特工老爸！》[2]
　返家途中在哈里斯街發現的
那天是她媽的
　生日如果她還活著今年應該

56歲我們用藍色鬱金香圖案的碗
　吃石板街[3]
她說我好累
　不該這麼開心
&我們笑了
　手兒沒動或許
這對兔子是情人或者姊妹有時
　光從呼吸很難分辨
性別
　先前我從人行道上
撈起牠們
　身體壓扁了卻只是
一隻有點
　凹了半張臉
另一隻背部扁平像
　勇氣襪子[4]
我用運動衫包起濕漉漉的

牠們輕搖但是現在
水槽已成鮮紅世界只有沉默的
毛皮小島忽隱忽現於
我被通緝的詞彙中兩位啊我說
等等我好嗎
我發誓只要再等一會兒
我說等我完事我會
清淨無垢離開這裡牙刷
伸到
智齒處忘記
它們四年前
就拔掉了

1 原文為 been through so much together the thick & skin。英文裡 been through the good and bad together 就是共享樂也共患難。本詩採擬人化寫法，你們這兩個傢伙是兩隻白兔。照理如果用 thick 那就該 thick and thin 對照，作者為何寫 thick and skin，thick 為身體組織厚的部位，此處指皮破肉爛，詳見後面。

2 《特工老爸！》（*American Dad!*）是一齣成人情境喜劇卡通。

3 石板街（Rocky Road）是一種澳洲產冰淇淋。

4 勇氣襪子（courage socks）是美國病友創發來給病人打氣的，有各種花樣。

親愛的莎拉

寫作有什麼用？如果你只是強迫一群螞蟻穿越白色沙漠。
——表妹莎拉，七歲

&如果妳跟隨這些螞蟻
牠們會帶你回到
石板[1]
一個較老的沙漠
在那裡黑色骨骸
一度掩埋現在
變成文字就是半夜 2:34
我向你
揮手之處
它們熬過爆炸變成

榴霰彈片埋在
我的腦內此謂
學習但或許
我不該
這麼說或許我該從頭
來過莎拉我搞砸了我
努力擺脫毒癮但是
我的雙手是怪物
它們相信
魔力莎拉啊喉嚨也是
墨水瓶像妳的父親
躺在別克汽車底下
工作一天後
從指間
擰出的黑油說
心碎＆東西不會因此
碎裂說史前巨石群

&看著象群在
賽倫蓋蒂大草原的雨中沉睡
如模糊的巨石真實並不一定要
合理——妳的阿姨玫瑰離開
兩年了就像
人們忘記完成的
一齣魔術把戲&空氣承載
妳的聲音一如它
承載自己的
消逝或許妳
是真正的兵
蟻[2]囤積大物
龐然重量碾壓妳陷入
抽搐
昏迷莎拉
妳的名字每日
在妳母親的大理石齒間

磨淬每一聲呼喚
都迸發火光&聽到召喚我們
臉蛋貼緊子宮
直到我們在崩潰的過程裡
成為笑話一則&或許
妳才是對的小蟻
后妳的鞋子
在灰白紙張色的沙漠
留下陰影
妳的藍色&粉紅色筆
原封不動畢竟
誰能直視
這麼多廢墟而稱之為
閱讀這個螞蟻
家族石化於
紙張上妳砰地
闔上書本望向

光禿無葉的樹木
浸泡於紅色四月雨中
在那裡你我的
童年都過於短暫無法
愛上它

1 此處的石板（tablet）或許是隱喻摩西手上的石板，標示其年代久遠。

2 兵蟻時時將各種有毒或有刺激性的化學防衛物質貯存於額腺裡，隨時準備反侵略戰爭。

美國傳說

所以當時我正開車
載我老爸。荒廢的一日
除了鈷藍色霧靄
逐漸包圍我們。
我們正前往殺掉
我家小狗蘇珊的路上。我是說，我們得
帶牠去診所
讓牠入土為安，這是
謀殺或許
他們的意思
是把牠放入
地下——雖然我知道蘇珊
會在偏遠處的

焚化爐
化成灰。噗噗的
煙，小小的狗狗
鬼魂。我扯到
哪裡去了？對齁——那車，
那雨，那則痛苦
&快樂的傳說。老爸
&我，福特汽車夠大
我們永遠不會
碰到彼此。&或許我打算
髮夾彎卻
用力過猛。&這東西
飆到80，像重寫物理定律，翻了。或許，
我，終於，渴望感受
他碰觸我——&
成功了。當色彩飛旋，
穿透擋風玻璃，金屬瘋狂

嘎響撞上
我們的肩膀，突然，
到處一片
濕熱，他撞到
我身上＆
我們抱在一起
數十年來
第一次。是完美
＆也是錯，像鈔票
著火。他脖子上的
皮膚好柔軟，他的
刮鬍水卻是
夏日氣息。過程
不到一秒但是
他在笑，他的牙齒
已經掉了一半，彷彿有人
將它們抹去好讓位給

較為真實的東西。一晚，
他喝了軒尼詩
臭著一張臉，
訴說他這一生怎麼了
又為何如此，他說，
兒啊，寫下來，
寫在紙上。當時我們坐在
廚房桌旁等待他去
襪子工廠輪班。他的眼睛：夢魘裡的
雨滴。我碰碰他，然後，
放開。車子停止
翻滾，我們倒掛
一切往下滴墜。蒸汽
或者氣息。我像
所有得到
企盼之物的男孩
都會做的：我親吻

我的父親。我想
他苦笑了。他的瞳孔
瞧向他方。我朝後伸手，
打開籠子。狗狗
踏出來，嗅嗅
我的老爸，身體仍溫，然後奔
入林裡，奔入牠的第二個
未來。我踏步離開撞毀的車子
直到數碼變成
數年，泥巴路
變成城市，直到我的臉
變成現在這張&雨
沖掉我指甲上的
汽油。我在這首詩的
心臟處
找到公用電話&打了
對方付費電話給妳告知一切

知道什麼也不會
改變，分歧只會
更多。所以，哈囉，嗨，我
手上的血
現在滲入
世界。先知告訴
我們，語言摧毀
之物語言均可
重建。我這麼做只為擁抱
我的父親，解放
我的小狗。這是個古老故事，母親，
任何人都能講。

最後的恐龍

當人們問我那是什麼情景，我叫他們
想像出生於失火的
安寧病房。當我的親戚融化，而我
單腳站立，舉手，閉眼&想著：
樹樹樹，而死亡擦身掠過我——完整無傷。
那時我不知道上帝視我們為天堂的
失敗造物。不知道我的眼睛有三種
白色層次卻只存我母親的
一幅影像。她站在一棵古老的
紅木樹下，哀傷她僅有的是存活於地球
的此生。噢，人類，我不氣你們贏了
只氣你們從無其他盼想。語言的
皇帝，為何你們不能精於說不

而不忘記如何說好？當然，如果你想要
我們可以親熱，但是我警告你——
茲事體大[1]哦。有時我認為重力
就像：恕我不客氣老實說……&然後
講個沒完。我想我的意思是
我吃了那顆蘋果並非因為那人謊稱
我來自他的肋骨
而是我想以蘋果對大地的飢渴
填滿自己，大地之下是我族的骨骸
依然夢見我的所在。我打賭照亮這書頁的燈光
尚未發明。我打賭你想不到
我的臀部曾是小鎮
奇蹟，當我跳舞三角龍
全瘋了。還有一次啊，連續數星期
乾旱，我穿過兄弟的笑聲
只為感受雨。噢肺氣腫的漫遊者，希望的寡婦
&哈哈哈。噢姊妹，落地的種子——　幫幫我——

我出生即注定死亡但是我執意停留。

1 此處是拿恐龍的體型自嘲。

第二部

起床囉

從玻璃罐
搜刮出最後的八點八四美元。
妳在美甲沙龍的

一日小費所得。足夠
來一管。足夠
好好撐到

中午但是
這雙手已經
開始模糊。鈔票像奇怪的

蜂鳥困在

我的手指間。我拿出
一盒蛋。打

四粒蛋黃到日光
白的碗裡，湯匙撈出
蛋殼。油裡的韭蔥

滋響。一點
魚露，蒜頭
照妳教的

壓碎。平底鍋裡噗噗冒泡
形成一顆可能的
小太陽。我是

一個規矩兒子。鹽
&胡椒。一小撮

歐芹在蒸汽中
變軟。煮好了，
碟子起霧形成自己的
鬼魂。我用紫色麥克筆在

餐巾紙上
畫出笑臉符號。
我繫靴子鞋帶。不

成功——所以塞進鞋裡。關上
後門。樺樹
溫柔搖擺但是並未

碰觸。蟋蟀
鬆開兩顎
迎接第一道日光，最後的

音節嘎響如
持續燃燒於
藍色火焰上的菸斗

當腳步聲在
金色曙光道路上漸杳
&妳的臉

在窗邊
那是指痕大小的殘物
來自誰的神祇？

南極洲最後的校園舞會皇后

沒錯我就是光說不練&上衣前面下襬塞進褲頭的那種人
那又怎樣。像風，我騎乘
自己的人生。在我初嚐
善良罪惡的街頭，霓虹燈
閃耀於路殺動物的
濕漉部位。我想善待
我們的星球
因為我需要一個美麗的
墓園。一點不假我不是作家
只是一個水底的龍頭。當洪水湧至
我會舉手讓他們知道
誰該被槍斃。天空電閃。海洋
眷戀。敝人我

就是地獄。大家都來了。有時
我參加趴踢只為坐在在高窗上朝外
垂腿搖晃，置身眾人。
復活節的週日，男孩結束
麥當勞值班後在
車內哭泣。當大貨車
咆哮馳騁於
州際公路，他拉起
T恤擦拭眼淚的模樣。我想跟他說，
我最愛的那種黑暗
就是我們體內的黑。
&：我喜歡你穿上圍裙的樣子
像是隨時可以上
戰場。我也隨時可以。
再給我一次機會，我會選擇這種生活
在沒有屋頂的房間內
彈鋼琴。破損的琴鍵，巴哈

奏鳴曲如匆促下樓的
腳步聲而
我的父親在樹葉看不到盡頭的
新英格蘭追逐我的
母親。或許我看到一個男孩
穿著黑色圍裙在大小如怪物棺材的
日產汽車內哭泣&明白了
我永遠不會是直男。或許，
和你一樣，我也是那種人
車子疾駛
茫無方向
心沉谷底
才最愛這個世界。

親愛的T

1

在我書桌的這片雪白大地
你躺得過於筆直
我只需寫下
正確的字&我便
在你身旁（再度）但是
這麼多字&
無一
提及你的臉——打造自
陽性名詞
刪減字母

膨脹的骨頭
便轉為硬實瞧見沒？我的手腕
輕轉&雪地裡矗立起
一棟房子
門廊寬敞——如你所願——
前院種了向日葵
向晚餘暉燃照
格紋狀蘋果派
一張鋪了雲白毯子的床
&一個未燃的壁爐
瞧——便條紙上一點墨
&我們便馬上再度於暴風雨後
奔跑街頭
你臉頰下的血管

血小板仍充足：綠色枝椏
　映照夕陽天空這幾乎

　　不可能——太過分了
　所以我刪掉它改以笑聲
　　取代一首
　收音機裡的歌在

我進入你張開的喉嚨
發出哇的那一刻
　迸成靜電干擾但是
　　讓我正確拼寫出

這些木—風—木—壴—寸
我們才能多待幾秒在

樹蔭下
你說瞧啊樹木
倒下來了人們
砍下它們
壓製成雪白的大地或者
報稅表格或者出院證明否則
你將咳血不止
你說
或許我們現在該回家我老爸
會殺了我我還沒跟他說
我在用這藥
我在用這藥一切
現在一切
都完了我說再待

一會兒不過你的聲音
已成碎片
你的笑容剝離
滑落積灰的紙張&我早已
預知：每晚筆尖只能揮灑這麼遠
&夜晚
便已告終你想寫一封致親愛的信
&不成功所以你寫詩
但是鳥兒
只是彈創
天空的孔洞噢老天啊晨歌
棄置腐爛於午後
當手橫過

而字句
　旋被遺忘一旦
　　你的手橫過紙張遠離
　車禍現場
　　你說但是我們值得更好的這
　　　只是開始而已每晚
　　相同的片片雪白田野
　被揉成一團&扔棄房間四處
或許我可以從內在寂靜
　　造出一個男孩或許
　我們無需死亡即可終止無需
　　淚垂卡車休息站的小便池
　即可做愛

&我們只是太累
沒法走回家我們
只是兩個躺在

雪地的男孩&
你在微笑因為星星
只是星星&你知道

這回
我們只能活一次

1
T在此處指的是作者的自傳體小說《此生，你我皆短暫燦爛》裡的崔佛（Trevor），主角小狗的第一個同性戀人，兩人開了崔佛父親的車子出車禍，崔佛斷腿，從此染上後來禁用的止痛藥品芬太尼，最後死於濫藥。此詩不斷回憶崔佛、重回車禍現場，企圖挽回。

水線

要是我醒來[1] &方舟
方舟已
遠颺

如果有一顫抖之物
在我身畔

如果他頭髮上的雪
是火焚之後僅存

之物

如果我們奔過果園

嘴兒
大張

&卻仍小到無法說
阿們

如果我以滔天大浪的
陰影
為國

只為了苦撐
直到天堂開啟——
直到國度降臨

請給我這個
第八天
讓我進入

這幾近杳亡是的
如死亡
進入一切全然
無跡

1　本詩起首是 If I should wake，蛻變自常見的睡前祈禱：如果我在睡眠中死亡，請赦免我一切罪惡，擁抱我進入你的天國。所以這詩也採祈禱文寫作風格。

甚至不是

嗨。

我曾是一個死玻璃現在我是個欄目[1]。

筆尖曾戳進我的背部，現在我感覺它是進步的記號。

我半夜到市立墓園獨自跳舞，手機大聲播放哀傷歌曲，可不是為了白忙一場。

我發誓，我走過那一段。我曾感受讓死亡龐然到與空氣渾為一體的東西——我逕自走進去從中摧毀如暴風裡的風。

當利爾皮普[2]這樣唱著我早上就會回來，你知道結局會如何。

當歌曲結束我還繼續這樣跳舞，因為那時它解放我。
當街燈醒來輪值晚班前這樣眨眼兩次，就像你跟我。
當亮星如齒，那男孩和我，我們會這樣仰望天空彼此低語對不起。
星齒總是在。有其目的。
那時是我將自己扔入重力讓它成功。哈。
那時是我以自己的哀傷皮囊逃了出來。
我曾是死玻璃現在我火熱流行。哈。
有一次，在布魯克林的「藝術氛圍」屋頂派對中，啜飲水酒的年輕女士說，你真幸運。既是同志又能寫戰爭之類的東西。我只是白人。

（停頓）什麼也沒有。（笑，酒杯鏘響）

因為眾所週知黃種人的痛苦，印刷成美國文字，就成了黃金。

我們的哀傷麥達斯[3]摸過。彩虹餘輝的燒夷彈。

不同於感覺，血液觸摸後更覺真實。

我試圖真實，代價卻太大。

人們說地球旋轉我們才會摔倒但是眾所週知那是因為音樂。

事實證明在機關槍火中舞蹈很難。

儘管如此，我的族人還是以此創造了一種節奏。一種方式。

照片中，我的族人，如此僵直，像屍體。

我的失敗來自我習慣了。我看著我們，負傷躺在《時代雜誌》攝影記者腳邊的影子裡，我不再想，站起來，站起來啊。

我看見墳場在粉紅色曙光中噴冒蒸汽就知道死者仍在呼吸。哈。

如果他們來找我，請終結我。

如果當初我們不是碰撞生成，而是碎片造就呢？

如果當初是一切注定呢：母親，詞彙，二〇〇七年東村分租房裡，龐克頭男孩鎖骨上的那一撮海洛因。

我是什麼毛病，醫師？一定有藥可醫。

因為童話故事是對的。你需要魔力才能活著離開。

許久以前，另一世，搭國鐵行經愛荷華州，有那麼模糊的幾秒鐘，我看見一個男人站在冬草覆蓋的平野中央，雙手併攏兩側，背對我，文風不動，只有徐風掃過他的頭髮。

當鄉野恢復成淡彩似的灰麥、牽引機、開膛破腹的農倉、牲畜闕如牧原的黑色梧桐，我哭了起來。我放下蒂蒂安的《白色專輯》[4]，讓新的漆黑攏聚頭頂。

隔壁座位的女士摸摸我的背，以溫柔波動的中西部口音說，哭吧孩子。盡情哭泣吧。敞開一切並不丟臉。你好好發洩我去幫咱們端些茶。這讓我越發失控。

她端回浸泡立頓茶包的紙杯，她的眼睛根本不是藍色就這樣。她一路沉默，在米蘇拉下車前拍拍我的膝蓋說，天父是好的。天父是好的。

我受的傷害，現在我能說它很美麗，因為它不屬於他人。

成為蓄積損害的水庫[5]。我的狗屎種種不會流到人間，我想，我瞬即變成自己的英雄。

你可知道我浪費了多少時間看直男孩打電玩？夠多。

時間是個母親。

因此我們不會忘記，停屍間也是社區聯誼中心。

我的語言，現在唯有閉眼才想得起來，*Yêu* 是愛。

弱點也是 *Yếu*[6]。

陳述的方式改變陳述的內容。

有人稱此為祈禱，我稱此為謹言慎行。

當他們拉上我母親的屍袋，我低聲說，玫瑰[7]，爬出來。

妳的植物要枯死了。

真是夠了。

我對墓碑說，時間是個操你媽屄，活生生，荒謬。

身體，雖是門戶，卻非僅供我穿越。

僵直。真相就是如此。

佇立平野的男人穿紅毛衣，如此靜止不動，卻，更顯真實，像風景畫上的刀割傷痕。

和他一樣，我向內縮陷。

我向內縮陷，決定以後只有愉悅而無其他。忽焉一切打開。光線遍燃我周身成為白色氣候。

我被抱起，溼漉帶血，離開母親，進入世間，尖叫。

這就夠了。

1 許多國家，身分注記的圈選不僅「男女」兩個欄目。

2 利爾皮普（Lil Peep）是著名嘻哈歌手。「早上我就會回來」來自他的名曲〈購買星星〉（*Star Shopping*），描述女友逐漸疏離，他卻仍盼著能讓這段關係持續。歌曲最後他唱「瞧瞧天空，所有的星星都有存在的理由，都有它必須閃亮的理由，跟我一樣，而我已經裂成碎片。」這句隱約呼應後面提到的仰望天空。

3 麥達斯（Midas）是希臘神話中的國王，向酒神求得金手指，碰到的所有東西都會變成黃金，包括他的飲食用度。麥達斯後悔莫及，祈求恢復原狀。

4 蒂蒂安（Joan Didion）是美國國家書評人獎作家，《白色專輯》（*The White Album*）是她一九七九年的散文集。

5 原文此處是 to be a dam and damage，水庫與傷害兩字，，有字面的重疊意象，翻譯無法表達。

6 越南文的弱點為 điểm yếu。

7 作者母親的名字。

前美甲師的亞馬遜購物史

三月

安疼諾（布洛芬），4盒
莎莉韓森粉紅色指甲油，6瓶裝
高樂氏漂白水，工業用裝瓶
戴安髮夾，4盒
海水泡沫色手持小鏡
「我愛紐約」T恤，白色，小號

四月

「農心拉麵」碗裝，24碗
棉花棒，100入

〈銘謝惠顧〉卡片，30入
甲苯溶劑 POR — 15 40404，1夸特
紫外線 LED 指甲燈
護甲油，經濟包
甲片棉棒，500入

五月

安疼諾（布洛芬），4盒
維克斯達母藥膏，2罐裝
手提式指甲打磨機
撒隆巴斯肌肉酸痛熱敷片，40入
唇膏，暗夜紅
小黛比巧克力斑馬紋蛋糕，4盒

六月

大型假陶花盆，折扣組
三花煉乳，6罐
清澈指甲藝術系列指甲粉液攪拌盆，2只
生日賀卡—兒子—促進—母子關係卡
耐吉菁英系列籃球短褲，男，小號

七月

莎薇蘭金色全息美甲浸泡粉，6色
雀巢狀元牌即溶咖啡
安疼諾（布洛芬），4盒
皮克斯諾雙面死皮腳剉
奔肌藥用膏，3罐裝

八月

新潮牌褐色夏日印花洋裝，6號
留蘭雙薄荷口香糖，8包
阿迪朗達克塑膠庭院涼椅，殖民藍色

九月

指甲抛光條，10入
確美同防晒油，6盎司裝

十月

舒夜抓毛絨毯子，粉紅色
安穩睡褪黑激素丸，90入
冰火強力止痛貼布

十一月

丹碧絲衛生棉，24入
人工樹脂髮夾，3盒

十二月

安疼諾（布洛芬）最強效，4盒
真會長鬱金香球莖，24顆裝

一月

二月

健康線觸發式摺疊助行器
洋基牌蠟燭，仲夏夜，大罐

三月

化療美棉布包頭巾，日出粉紅色
白襪，女性，小，12雙

四月

化療美棉布包頭巾，花園式樣
「媽媽鬥士」乳癌意識T恤，粉紅與白

五月

慕勒225護腰支架

六月

生日賀卡——「兒子，我們永遠在一起」，史奴比花樣

七月

永恆鋁製骨灰甕，鴿子與玫瑰刻花，小
完美回憶相框，8x11 吋，黑色
小蜜蜂爺爺護唇膏，蜂蜜味，1 管

八月

九月

好好種窗臺香料花園

十月

「你的故事」客製回憶牌匾，10x8x4 吋
大衣，海軍藍，加小碼

十一月

棉襪，灰色，1雙

沒事

我們在剷雪，這個男人和我，我們的背在車道上逐漸靠近。四下寂靜到掉落我外套上的每片雪花都有了生命。我曾在一種無人閱讀的文學類型裡哭泣。他們全身著火，說，那是天大笑話。嘴裡冒煙，他們大喊，孩子啊，那個沒賺頭呀。不過鬼魂如果是家人就會搞笑。這男人和我，我們把原本就會消失的重量移到一旁，清出空間。人的內在有這麼大的空間，站在這裡的不該只有我們兩人。數吋之遙卻永遠不在這裡的旅人。你在那裡暖和嗎？在那裡的你是你嗎？你我之間會有結果的。在這個男人與我共享的房子裡，一條黑麥麵包在某個房間自行膨脹，佔據越多世間空間就越輕。在人類，我們稱之為成長。在麵包，我們稱之為發酵。你我均年過三十而那是我一小時前才揉的麵團，沾了麵粉的手推推鼻尖上的眼鏡，看了又看這男人的祖母留給我的手寫食譜，她，為了逃離史達林，買了維爾紐斯[1]到德勒斯登的車票，沒想過火車會正好停在奧斯威辛[2]（畢竟那也是個城鎮），士兵們要她和哥哥彼得下車，沿路不斷低聲說繼續走，繼續走，像男孩牽著馬匹穿越夜裡的麥田。就這樣，她穿越穿著大衣的擁簇人們，就這樣，她看到一些人如何被趕進鐵蒺藜通道。這男人和我彎腰剷起雪，嘴中熱氣裊裊上升，寂靜中，玻璃雪花球裡一般清澈的晨曦。我們怎麼知道在不缺麵包的屋子，存活的，會是飢餓，而不是人？他撒了一包鹽[3]到人行道上。從我站的地方看起來就像光線溢出他的身體，就像他的祖母回到火車，看見手上那抹灰塵漂浮的陽光，哥哥在她身旁，火車引擎噴煙飄過車外人們的臉龐，隨即讓位給松樹林、雨兒沖刷的牧草地、有完整臥房[4]的空屋。這男人捧肚好像中彈，光線從中流洩而出——我說的是你。因為你我之間必定會有結果[5]。當警衛問你的祖母是不是猶太人，她搖搖頭，半真半假，從包包裡撈出一條麵包，前天晚上才烤的，塞進警衛的胸前口袋。那年她剛滿二十，當火車載她來到我現在所站的地方，她一次也沒回頭。在這個麻薩諸塞州佛羅倫斯的週日，我瞇眼看她的褪色字跡：麵粉過篩，打蛋直到它變成「快樂黃色」[6]。火車抵達德勒斯登的幾天後，天空飛滿丟擲燃燒彈的轟炸機。更多的煙。一顆子彈或者榴霰彈，錯過瞄準她的任務。她的哥哥躺在瓦礫堆下，他的名字在她周邊迴盪，就像四十年後落在你臉上的片片雪花，那是一九八四年十二月二日，你的母親抱著你，呱呱落地僅三小時，你的祖母，六十歲，站在小旅行車旁幾步，為你冠上她哥哥的名字。彼得！她說，彼得，彼得！好像能自瓦礫堆喚回死者，變成全新震懾的骨骼。雪再次堆積，刷白了人行道好像什麼事都沒發生。但是活得像顆子彈，依此目的碰觸人們。生來只會直線前進，奔向任何活物。行走於自己不曾乞求降臨的世界，選擇一個地方終止自己的需索——究竟是戰爭的哪個部分賦予我們此種知識？你和我，我們，將要終老的這棟房子非常溫暖。那麼，就讓詩節成為房間。讓這房間大到足以容納所有人，大到我們現在撕開的麵包所冒出的鬼魂也能目睹我們如何造就彼此。我知道，我們日漸疏離，不快樂但是充盈了一半。剷雪和烤麵包無法修補關係，這，我也知道。我伸手橫過桌面拂掉你鬍子上殘留的冰雪，現在已經化成水。你說沒事，數星期來首度展露笑顏。真的沒事。而我相信你，不該相信，但是我信。

1 維爾紐斯（Vilnius），立陶宛首都。

2 二戰的集中營。

3 撒鹽讓雪變成鹽水，降低它的結冰點。

4 完整臥房（full room）在歐洲指可以睡覺的房間，在北美地區通常是有衣櫥的臥房。

5 你我之間必有結果（something must come out of it）在這裡是一語雙關，呼應前面敘述者對自己與那男人感情關係的期許，也表示光線自其中（come out of）流出。

6 快樂黃色（happy yellow）即為鮮黃色。

食腐動物

你的身體甦醒
於自身的安靜抖動。
繩子&繩子
多快啊這動物
吞食乾淨
我們再度各自一人
雙唇疲憊
兩條鱒魚張嘴喘氣
於六月的海灘上
肩並肩，我看到
我來此的目的，你的

虹膜後面：一面小鏡
我望進
它的銀色音節
那兒一條魚兒長了我的臉
扭動一下
然後死去
漁夫
瞬間變成小孩
扛不動收穫

第三部

藝術家小說[1]

走了漫無止盡的高低起伏，我來到了盡頭。

倒片鍵閃紅—紅—紅。

我坐下按下鍵。螢幕亮起，顯示男子坐在泥巴路邊，黑色西裝熨得筆挺，瞪著一台八〇年代的松下電視。

我看著他起身，倒著走，走下無標誌的馬路，經過開腸剖腹的拖車房，空蕩的水泥石板上雜草橫陳，穿過廢棄針頭散置的松樹叢，眼前罌粟花田開敞，又經過塞滿上世紀鏽蝕車輛的峽谷。

他倒著走穿越墨綠山丘，手放口袋，弦月，如空船，擦過天空。

他倒著走入一個市鎮，上了豪華旅館臺階，進入一個掛滿水晶吊燈的大廳，侍者端著放了魚子醬專用湯匙與細長香檳杯的盤子。那房間是光燦國度。

他被衣著光鮮的快樂人群包圍。他們在他身邊旋轉往後退，面容滿是豐裕富饒。男人的領帶（太大）是表兄維多在朱爾酒類專賣店外給他的，說：「現在你是作家了，要看起來像作家。」三個星期後維多自行住進銀色山丘的精神病院。

人們一一遞書給男人，那是他的思想造物。他打開每一本，鋼筆在手，刻意描出熱情洋溢、字跡難辨的簽名，直到那名字，紅墨書寫，蒸發消失。眾人舉杯，心滿意足，嘴兒張開，如此刻在我身旁開始鳴叫的蟋蟀，影帶轉動螢幕閃動。

我看他倒退穿過眾人，酒精從眾人喉嚨流回杯子，男子離開大廳走向空蕩街頭，一人。

他走啊走，太陽升起，落下，數日，數月。

他倒著走穿過機場、會展中心，鑽入計程車，甚至禮車，到了州長官邸，走過完美無瑕的門廳，皮革刺繡沙發、大理石壁爐、蒂凡內燈飾、晶亮花崗岩檯面，純為迎客卻無客的客廳。新鮮水果堆滿柚木碗等著發爛。

影帶跳了一下，我看見螢幕上，一片塵末從河面射起，在橋下集成雲，然後漏斗狀回到男人臂彎中的骨灰銅甕。

他的臉看似未完成。男人幼弟的腦袋靠著男人的肩頭。租來的過大西裝掛在身上，他們看起來像使節，來自已經不存的國家。

那是兒子們的國度。

／／

我看到他倒轉離開另一棟豪宅，走下兩側種了天藍繡球與天竺葵的長車道，步下夜裡的山路，穿越你只在颶風來襲時才聽過的城鎮，以及豚草與紫苑蔓生的加油站，經過窄如墓碑的小巷，走上礫石分隔島，那兒的監視錄影器拍下了某人老妹的最後身影。我看到他倒退進入一棟車庫頂架設了八個碟型天線的排屋。陰暗的地下室。針頭包裝紙撕開的聲音，燃燒僅兩秒的火柴，照亮一張偶遇的高中臉孔，三十二屆的，他一口吸盡。

一個聲音撞向牆壁變成他耳蝸裡的灰塵，毒品的溫暖像嶄新脊椎穿透他整個人。他能感覺他們的笑聲就在掌中。

黑暗中菸頭微光：防空洞裡的螢火蟲。

他倒著走經過玉米田（在那裡，他七歲時，曾走失愛犬「獵豹」，呆坐玉米叢中連哭兩小時），拿下掛在破損消防栓上的西裝外套。穿上，倒著走回母親的屋子，在陰暗廚房裡親吻她的臉頰，五十元大鈔從他的手到了她的手，再回到她的胸罩裡。他爬上階梯，進入浴室，讓嘔吐物從水槽奔回嘴裡。鼻涕吸回鼻孔。雙手顫抖。

／／

影片跳轉——我看到他躺在昏暗房間的地板上，緊閉眼睛，漿熨過的衣領上的陰色水漬變回眼淚，淚珠爬上他的雙頰。

他擤擤鼻涕，屈膝而跪，雙手捂臉。一個鑲框獎章，華麗的獎賞，落入他的臂彎。他親吻獎章，尋找鏡中的臉，然後起身，打開燈光。

他在後台化妝室，鏡子圍繞。赤紅濕潤的眼睛在每面牆上。

他倒退穿過雙開門，陽光束束，獎章夾在腋下。穿越鋪了油氈地板的寬敞大廳，記者包圍，相機，強迫的笑容、僵硬的握手、半擁抱，然後他倒退回巴洛克劇院舞台側翼。觀眾無聲狂吼，雙手舉起獎章，銳利燈光下獎章金邊閃耀，他的心在體內像扔進木船底的魚兒。

影片跳轉，我看見他倒退走出哈特福的「停車購物」便利商店，隨著他越行越遠，那家店開始一磚一瓦倒下。推土機、戴安全帽的男人——直到它夷為平地，被不規則的較大岩石取代，直到它變成百年老教堂的牆壁，尖塔高聳，落錘碎石機撞下。片片彩繪玻璃凝成聖芳濟的光環臉蛋。

他後退進入教堂，昏暗光線下凱文的棺材閃亮。母親們與祖母們垂頭。但是他所期盼的，或許，該說我期盼於他的，並未發生：凱文的扣領襯衫之下、右肺上方胸膛，縫線過的眼狀粉紅傷口並未裂開，點四五口徑子彈並未射出，並未懸空於週日的空氣裡，不會乖乖聽命回到槍管，碎片不會回歸鉛、聚合體、鐵、元素、從另一個宇宙射至這個宇宙的某顆恆星灰燼。

當凱文的爸爸，里歐斯先生，蹣跚倒退走，從十九歲兒子的手中拿起 Tonka 玩具車，凱文並未從棺材坐起身親吻父親的額頭。

／／

全世界目睹下，獨裁者在電視上，脖上的吊索被取下。獨裁者後退爬回地底洞穴，他的臉是崩壞的自然定律。

我像個好公民，把手指放在**倒轉鍵**，穿西裝的男人持續在我強加於他的敘事裡倒退奔跑——亦即，敘述性知識[2]。

當他倒退走，夏天倒回春天，年方十八，他進入四號路旁汽車旅館的房間，衣服如繃帶掉落。他筆直躺在上下起伏的床上，身旁的士兵剛從沙漠回來，右耳留在戰場。街頭光線射進這個一度是耳朵的空洞，在男

人的側臉形成一個金黃色獎章。男孩的舌頭舔過那洞
等待被寬恕。

牆壁上，他們的勃起影子伏下又舉起。我們本就善德
匱乏，歡愉更少。他們的衣服重回身上，像崩壞的自
然定律。

他往後退士兵也往後退。他們相視微笑直到兩人不見
蹤影。夜晚回歸本我，較不完整。「梅貝爾汽車」的
圓頂招牌像霧中燈塔。

／／

坦克駛出伊拉克，女人從屍體旁倒回，破布掩嘴。

影帶所剩無幾，書本分解回樹木。樹木立直站起。馬
自達汽車裡的四位朋友，毒品離開血管，車子在 I-84

公路上翻了九圈後四輪著地，頸骨重新黏回他們的生命，他們唱著傑．魯（Ja Rule）與亞香緹（Ashanti）的歌曲〈迷惑〉，緊閉雙眼於初嚐毒品的嗨茫中。

男孩坐在桌上型電腦前，字，經常伴隨不請自來的雞巴照片，一個個從「美國在線聊天室」的螢幕消失。

年紀性別地點（asl）？立馬可以（stats）？

處男？

現在能碰頭？

要搞嗎？（are you down?）

亞洲人還是正常人？

我能當你的老爹一小時嗎？

你知道怎麼愛愛了嗎？

我可以開房

你做功課我操你屁眼。

你還在線上嗎？

嗨我不會傷害你
叩我
娘炮
我需要你
操你媽的

以上全部消失回二進碼。

然後石膏、方解石、灰泥、鉛粒從人行道揚起成翻滾的塵團，北塔[3]重組回北塔而且九月青天再度湛藍，人們飛升，雙手張開，站回窗前眺望，一身昂貴西裝與一身完好骨頭。

鬱金香抬頭，沿著法院草坪下巴高舉。

／／

影帶嘎轉然後我看到九七年那場東海岸風暴，男孩與母親在前院跳舞，雪花飄回天上，他在她的身影下轉圈——鈉燈泡照得影子比實物還大。雪花飛上天厚積成上帝永恆大眠的枕頭。

冰雪倒退，他腳下的土地赭紅如巨大哺乳動物在他的腳邊被開膛剖腹。樹葉成千上萬噴飛黏回散佈後院的橡木樹枝。他的母親站在窗邊，從掩臉的雙手中抬頭，眼眶漸乾。

我看到男孩倒退回家，安慰廚房磁磚地板上的母親。父親的拳頭從她的鼻樑收回，那鼻子的形狀像剛修好的故障。如果我放慢播放速度，可能誤以為那男人的指關節是溫柔，是愛撫。就像以手背撫平某物不讓它碎裂。

／／

桌上一個蛋糕，吹氣重回男孩噘起的嘴裡，七根蠟燭一一點燃，他所許的願望重回腦袋，那兒，未受語言碰觸，較為真誠。

在他回歸塵土的過程裡，我開始為他應援。

／／

影片跳轉，那家人在夏夜前院吶喊，狂喜，揮舞雙臂。他們的兒子抓著艾蒙布偶[4]，繞圈圈跑，眾人退回屋內，母親接起電話：她得到梅里登一家鐘錶工廠的工作。

哈伯望遠鏡歪到另一邊。哈雷彗星射回樹梢後，悍馬吉普車，再度，駛入伊拉克。

他倒退穿過空蕩的遊藝場，幾個月前它是翠綠菸草田。我看得出那是三郡嘉年華會後的第二天，十月的遺跡僅剩通往市立監獄道路兩旁的塌陷南瓜，小丑們坐在拖車後面的板凳就著圓鏡卸妝，淌汗。

剝了殼的玉米田在微風中嘎響，松樹後面的高速公路飄散汽油與輪胎的摩擦焦味。他倒著走——雖然離毀滅僅餘短短時間。他倒著走，直到他四肢著地趴下。直到他像少了一隻耳朵的士兵匍匐爬行，冠軍牌灰色帽兜衣裳點點染棕，他的臉頰與脖子出現灰漬。當他拖著身體爬行這條讓他出名的道路，牛仔褲碎裂成片，細細血痕點燃下顎。

我按下**暫停**但是什麼也沒停，因為我的手就是他的手。

當他爬行後退，全身僅剩破爛的四角褲，半裸，手臂割傷，爬向雷思理路旁冒煙的溝渠。

當他到了那裡，雙腳穿過馬自達轎車破裂的後車窗，繫上安全帶，腦袋倒向碎裂車窗，等著玻璃重新組合，等著前座朋友再度開始唱歌，於此劇終。

1 藝術家小說（künstlerroman）是成長小說的一種，描述藝術創作者的成長經驗。

2 具體，可透由意識回憶或者語言表達的知識。

3 北塔（North Tower）：紐約雙子星大樓的北大樓。

4 《芝麻街》裡的角色。

留下的理由

十月樹葉飄下，彷彿聽到召喚。
晨霧飄過鐵軌後方的野麥。
一根香菸。一件好毛衣。垮塌的前廊。家人都在睡覺。
事實是我全然清醒&高飛的老鷹根本沒在想自己的翅膀。
事實是警衛嗑了可待因「臭著一張臉而我遁入書本。
事實是我就著暴動的火光閱讀我的書。

事實是我最棒的書寫離我最遠&這棒透了。

事實是你替男人口交&你的聲音透過他的聲音發聲。

像約拿在鯨魚體內出聲。

因為，棕麥的一片葉刃，乘以數千，形成紫色田野。

因為，我製造的混亂是我以愛製成。

因為，這些鬼魂，他們如傾盆之物倒入我的生命。

因為，信不信由你，哭泣製造奇蹟。

因為，我的叔叔從未自殺——只是死掉，故意的。

因為，我曾許下承諾。

事實是，半夜兩點從查士拿的勒戒所窗戶瞥見麥當勞的拱門，這就夠了。

事實是，慈悲很小但世界更小。

夏雨打在彼得的裸露肩頭。

它的啪啪啪啪啪啪聲[2]。

因為，我不再抱歉連連只求注意。

因為，這個身軀是我最後的地址。

因為，清晨前的時刻，譬如現在，顏色血藍&恐怖覆蓋其上。

因為，破曉返家的自行車輻條聲響令人難忍。

因為，加州的山丘不斷燃燒。

透過紅色煙塵，聽聞歌唱。透過歌聲，看到出口。

因為，唯有音樂能與音樂合韵。

我尚未使用的詞彙有：貓尾草、傑弗里松、四氯甲烷、獨斷、光線飽滿、子夜綠、使之溫和、水薄、要威風（作動詞用）[3]、黃褐色、白鑞、額葉切斷術。

他的上唇是一夜積灰。

驟冬[4]的農倉樂。

溫莎橋下的破鋼琴彈起來像腳步聲。

法拍屋外麥克筆寫的告示：**尋找貓朋友，請洽凱拉**。

噩夢醒來聽見敞開窗外的火車鳴笛聲。

出門化療前，我媽在鏡子前刷上腮紅。

睡在後座，離開這個馴化我的城鎮，完整無缺。

初雪自清澈潮紅的天空飄下。

彷彿聽到召喚。

1 可待因（codeine）嗎啡製品，治咳止痛與止瀉。
2 作者此處用 ptptptptpt 來形容雨聲，正好與彼得（Peter）的發音接近。
3 作者用的是 lord，能當名詞或動詞，動詞指作威作福。
4 驟冬（cusp of winter）指秋季尚未結束，冷鋒突然降臨，將秋日山頭覆雪。

第四部

詩藝為造物主[1]

神看光是好的。

——聖經創世記（第一章第四節）

因為蝴蝶的黃色翅膀
　在黑色泥地閃現
是一個字
　被自己的語言困限。
因為沒有其他人
　要來——&我已經
理性告罄。
　所以我捧起滿手的
灰燼，黑如墨，
　錘鍊它們

成為骨髓，成為
頭顱厚到
足以保住
美夢的溫柔
詛咒。是的，我的目標
是慈悲——
卻僅能
在心臟周邊
築籠。為眼睛
遮上簾幕。是的，
我讓它有手
明知
把一片陶土擴成
光的五芒，
我這是
太過分了。因為我，也
需要一個地方

接住我。所以我將
手指伸回
火裡，扒開
臉的下半部
直到傷口變大
成喉嚨，
直到每片葉子因
天殺的吶喊顫抖
成蒼白
&我完工了。
&它是人。

1 〈詩藝〉（*Ars Poetica*）是羅馬共和國時代著名詩人賀拉斯（Horace，全名 Quintus Horatius Flaccus）的著作，收於《書札》。

玩具船

獻給塔米爾・萊斯[1]

黃色塑膠
黑色海

眼睛形狀的木片
在泛黑的地圖上

現在沒有海岸
可抵達——或者
可離開
沒有風只剩
如是鵠候
推動著你

好像秒與秒的縫隙
可被鑽入
&永不離去

玩具船——無槳
每個浪波
都是綠色燈火
不久存

玩具船
玩具樹葉飄下
一棵玩具樹木
等待

等待
好像麻—
雀

在你的頭頂日漸稀少
不是
早被自己的名字
穿心[2]

1 塔米爾・萊斯（Tamir Rice）事件發生在二〇一四年俄亥俄洲，警方接到調度中心訊息說公園有男子（即萊斯）持槍坐在鞦韆上掃瞄路人。警方抵達後未步下車子即開槍，萊斯於第二天急救無效死亡。後證實他拿的是生存遊戲仿真玩具槍。

2 名字界定了麻雀就是「獵物」，「黑人」注定了萊斯會被槍殺的命運。

刺點[1]

根據史密森尼博物館，一八三〇到一九三五年間，加州共有超過三百五十起私刑，記錄保存甚差。受害者多是墨西哥人、華人與北美印第安人後裔。

這裡有陽光，金燦到可以拿去銀行。這裡有水仙與茅香。我們親手為您做的。他們說，看看我們的手。無所遮瞞。但是你湊近瞧，照片中，深褐色花朵上方，一塊陰影玷黑地面，不屬任何人。泥地裡的洞。你猜想那大概是入口還是高處之物留下的印記，某個正在離開的東西，展翅而去。他們說，是的，只是一隻鳥。飛翔時的黑點，相機的瑕疵。時代的產物。只是個時代的產物罷了。他們說，看看陽光。看看它如何直直撒落。某些東西就在眼前被隱藏了。瞧，那個時代多麼空曠。你的確瞧了。你看了又看，沒錯。那麼多等待著答案的空氣。但是你的眼睛回到墜落地面的黑色月亮。人體大小的句點，無主之物。你想，影子多麼忠於記憶啊。你幾乎能看見這曲線的作者。他們說，現在，各位請看看頭頂。那裡還是有天空。湛藍如單眼壓向我們。這樣的陽光下無物可隱匿。你摸摸喉嚨，確保你仍是訴說者，英文仍是你的公認災難。而它尚未滴墜成你腳邊的墨水坑。你摸摸喉嚨，因為歷史已經證明挖墓人手中的頭顱經常是你臉後的這一個。但是他們說，這裡有金盞菊。那兒有馬。為了您的視覺饗宴，我們將它們重新修描過。一修再修。他們說，現在，請往這邊走，還有好多要看。

1 刺點（punctum）一詞來自羅蘭・巴特《明室：攝影札記》（*Camera Lucida*）一書。他認為一張照片有所謂的知面（studium）與刺點。知面是我們以組織化的知識能辨知的東西，亦即可被符碼化之物。刺點則是無法符碼化的某個偶然細節，卻能觸動我們。二〇一八年，藝術家 Ken Gonzale-Day 曾以私刑照片為主題作展，照片中的受刑者全被抹去，展覽名稱為《抹去的私刑》（*Erased Lynching*）。王鷗行應該是以這個展覽為此詩主題，受刑者雖被抹去，地面卻仍留有他們的影子，這陰影就是王鷗行面對這一系列照片的刺點。

告訴我一些好事

你再度站在地雷區。
已經死掉的某人

告訴你這將是你學習
跳舞的地方。你唇上的雪花像鹽漬

傷口，你在自己的死亡間跳躍，黑如神祇的
月經。你的臂膀切過

風。你是造物，造來
存活——這代表你是某人的兒子。

這代表如果你睜開眼睛，就會回到

那個房子，躺在印了黃色帆船的毯子下。

你母親的男友，禿頭上一圈紅
髮，一顆著火星球，再度

跪在你的床邊。威士忌&嚼碎的
Oreo 餅乾氣味。雪花飄過窗戶：灰燼自

挫敗的神話返回。他黑如潑墨的手
摸上你胸口&你繼續在地雷區跳舞——

僵直不動。窗簾晃動。門縫下燈光
蜜橙。他的氣息。他的藍色濕漉臉蛋：地球

不在任何人的軌道上運轉。&你希望有人說
　嗨……嗨
我覺得你的舞姿真美妙。親愛的，那是死而無憾的

二步舞。你希望有人說這一切都是
陳年往事。說，一晚，很快的，你將打包

放入最愛的平裝書&母親的點四五手槍，
而最確保無虞的庇護所永遠是腦袋上方的

思想。說，這是公平的——必須是啊——
我們的手是這樣傷害我們，之後才給我們

世界。你又是可以如此熱愛世界
直到除了自己

你愛無可愛。然後你可以停止。
然後你可以走開——回到霧氣

築牆的地雷區，在那裡你脖子上的血管愛戀你

直到化為烏有。你可以什麼都不是
&卻仍呼吸。相信我。

沒人知道前往天堂的路[1]

但我們還是繼續前進。
　　當你到了那裡它會不一樣
但我們還是使用相同字眼。
　　你會看了&看——&只看到這個
世界。喏，就是
　　這個世界，既小
&又大像個父親。
　　我還不是
你的父親。今晨
　　我試著說話
但是我的聲音僅及
　　指尖。現在
你看見了嗎？

數個星期來首次
我在咖啡杯裡看見
自己的倒影
&還是將它喝下。
奇啊，人的臉能對另一張臉做出
何種事。譬如有一次，
我讓一個男人朝我嘴裡吐口水
因為伊凡在他妹妹的雞舍
舉槍自殺後
我的眼睛再也湧不出水
而那雞舍早就
沒有雞了。那時我在尋找
一個可以改變
房間光線的聲音。
卻只找到
一個男人。他的閃亮口水。我
伸舉

舌頭而他站著
俯視我。
我的下顎是個破爛
抽屜。
我說我求你啊，
因為我是個受凍男人
相信每一滴
溫暖都應保留
&品嚐。沒關係——
現在沒有人會懲罰
我們了。即便是
敘述者[2]。
我經常犯錯——但還不足以
忘記你。尚未
出生的你。永遠會是
我以所有失去之物
建好我的方舟之後

留下的
那一個。
因為當男人&男人
手牽手步入酒吧
被訕笑的是我們[3]。
因為當男人&男人造
愛，他們
能造的只是愛。我足以
創造你，對你
卻仍不足。你和雨
無法區分。雨：生來只為
落下卻被
命名。我
該如何為你命名？
你是男孩或是女孩
還是碎裂之水的一則譯文？這不
重要。或許滅絕

只是暫時。就如雨水
落地。
嗨，或許我說的沒錯。
你的爹地
沒說錯。我讓以下
空白
&當你抵達這裡，我會告訴你
一切。當
你到了這兒，我會讓你看
光是筆直站著
我們能對鏡子做的
這件驚人之事。

1 這首詩中，作者以模擬口吻跟尚未出世或者永遠不會出世的兒子說話。
2 原文此處用的是 speaker，正在敘述這則故事的人，故事的創造者。
3 歐美笑話經常以「一個男人走進酒吧……」開場。

幾乎是人

身體於我早已久違。
不可承受。我將它放到
地面像我老爸擲
骰子一樣。時間於我早已
久違。但是我在之前的世界有重量。有實體
&筋絡，有你放在雙手之間
可見的傷損&能聽見的
血液。他們曾說，這叫閱讀，
太晚了。但是太晚了。我轉成血紅。我在語言裡
大開殺戒&鬼魂
環伺。我以失靈的
動詞為砲火&攻破
二次機會的圖書館，

亦即急診室。在那兒他們包紮
我的頭，儘管黑色的字
持續滲透
如是。以前的世界，我無法
讓男孩看我
就算我穿了最好的牛仔夾克。
那是 2006 還是 1865 抑或 .327 年。
他們說，活在那個時代真好！
這次更響，更多突擊步槍。
我告訴過你嗎？我來自雕塑族裔
我們的傑作是廢物堆。我們
努力過。粗鄙，默言，馬桶蓋髮型&糖尿病，
我是有感情的。地板嘎響
我坐在勒戒所窗戶旁木然哭泣。
如果文字，如他們所說，在我們的世間
毫無重量，為何我們繼續
下沉，醫師——我是說

上帝——為什麼當我們歌唱
水會吞沒我們近乎人類的
手？就像這樣。

親愛的玫瑰[1]

我認識了母親的身體，先是生病，而後邁向死亡。
——羅蘭．巴特[2]

現在讓我重來一遍
既然妳已經走了媽
如果妳正在讀這個那麼妳於
妳的那一世存活進入這一世如果
妳正在讀這個
那麼子彈尚未認識我們
但是媽我知道妳讀
不懂六歲時落到妳的
校舍的燒夷彈&事實

就是如此人們說文字
侷限於
它能指涉的因此我知道
我背上的
箭頭代表我終於
美麗一個子彈般的字
翱翔於琥珀色

下午前往尋找
意義書本是敞開的
門戶但是妳唯一
讀過的書是一具棺材它的
鉸鍊砰地鎖住有關
一位兄弟的豐富描述我指給
妳看對我來說今天就是個星期四[3]我
獨自散步許久效果

不彰我不斷駐足
觸摸我的影子惟恐
感覺是唯一的真實
&瞧啊那裡
拇指&食指間
有隻螞蟻死命繞圈然後Z字前行
我希望這富含深意但是我想
只是牠扛負的重量

讓牠東斜西歪：另一隻螞蟻
蜷曲&冰冷躺在牠的
肩頭牠們看起來像一對
沒有談話內容的引號據說
牠們可以扛負自身重量五千倍的東西
但通常只是麵包屑
而不是把兄弟扛
回家但是過度衍伸

就是承認今日可以終止於任何地方
而非這裡我說不不媽媽妳瞧這是
妳的名字我指著薄如
灰塵的出生証明紙上的 Hồng
說 Hồng 代表
玫瑰我拉著妳的指頭放上一朵花如此
熟悉感覺像是人工合成紅色
塑膠花瓣露沾那是我在詩裡

略去不提的膠水我轉頭不看
玫瑰的臉——俗爛碩大
邊緣皺縮如
子彈剷斷
之物我誕生
是因為妳飢餓但是
只用兩隻手

怎能找到任何東西

妳只用兩隻手將
一整個垃圾袋的鯷魚倒進玻璃罐
那是個平和無害的白日微風盤旋於
琥珀色天空我們頭頂的
新英格蘭灰色樹枝擺盪卻未
彼此碰觸妳說製作魚露
要能忍受
鹽漬&搗爛的屍體臭氣一整年

牠們被扔進和男孩一樣高的罐子發出
濕滑悶響文字就像子彈必須停在
某處——為何不能是黃種
詩人呢我倒進魚露我拿出
魚露我沿著線
跳舞直到我成為他們跨越的

線或者刪掉的
一行[4]那時妳說他們差點

殺了我因為我皮膚白
妳用馬桶吸盤把魚
往下壓碎骨聲像石礫
妳手腕上的紫紅血管發亮
妳的父親是個白種軍人
妳說我有琥珀色頭髮那時他們叫我
叛國者叫我鬼
女孩他們在市場拿牛屎

抹我的臉好讓我變成棕色
跟你&你的父親一樣魚目
在罐子裡怒睜妳說他們射殺了
我的弟弟妳低頭
但是避開死

魚眼我的小弟
如果說閱讀是同時生活在
兩個世界為什麼

他不在這兒班恩[5]說過你能在詩裡
做任何事
所以我直接踏出詩而後進入
這首被進入即是
被重新定義子彈之名來自
把肌膚壓進肌膚那時我震懾於
我們說的這些字我困陷於
這個段落[6]它直接穿越

切開了我閱讀的眼睛尚未
癒合雖閉上卻滿滿是鉛
（沉重）[7]意涵它分開
我體內的紅海筋絡灰化成軟組織

我的血液在讀者手中
就是有關錯誤的無疆界
翻譯一朵張大嘴的玫瑰 Hồng
我說它也代表

粉紅色是每顆子彈尋找
最真實的自我之前遭遇的顏色卡爾維諾說
看到有人跌倒
人的本能是發笑那時士兵
也在咯笑當他們射殺
妳奔跑中的弟弟他的天
—藍色襯衫在地上變成粉紅
卡爾維諾繼續說這是我們的獵人進化史

頹倒的屍體代表了
肉因此飢餓通往了致命之
喜那時妳微笑著說

快好了妳的鼻子伸入
玻璃罐子彈
讓你真實因為它削減你
這也完美適用於詩
殺戮式刪減

放大了文本產生必然的
藝術太古囚犯
躺在大理石棺材裡體長為
一條魚一條時間軸
橫過紙張記錄日子
死者是測量
活人距離的刻度
屍體同時膨脹於

腐爛時粉**紅色玫瑰** Hồng 媽媽
妳有在讀嗎親愛的

讀者妳已經成為我的母親嗎
少了妳我找不到她這個
我打造的地方妳無法
進入數個月內牠們的肉
會化成棕色腐爛黏液快要變成
醬露魚的直線脊椎終於伴隨時間

溶化腐臭的鬼魂
氣味妳說過我的名字來自
體積龐大的水因為
那是妳所知僅次於上帝的
巨物我瞪視兩條魚疊壓
有如鍍銀的陰影線條
黑暗中的手指會在暗處被溫柔
憶起嗎他的手指

放上我的唇媽媽他的噓噓別出聲

你的朋友那個妳在「天美時
鐘錶工廠」值晚班時照顧我的男人為何
我現在想起此事驚喊的喉嚨
麻點斑駁的尾鰭門輕輕地打開條狀的
琥珀色燈光變寬
別出聲它聽起來像動物

溺斃當妳攪動
玻璃罐妳的黃白色臂膀轉成粉紅
魚的內臟輕輕冒泡浮起妳對他的回憶
必定是溫柔的那個男人現在應該
九十多歲了他的臉依然是一朵黑色玫瑰
逼近妳俯視罐子的身體冒汗
說著兒啊我的兒你可知道
那是什麼滋味

成為唯一被恨的人成為

自己所屬國度裡的唯一白膚敵人
自己臉孔的敵人樹木在我們的
頭頂咆哮紅葉在天空留下
小小傷痕我輕輕碰碰
妳的手肘魚兒旋轉於
牠們已逝的旋轉木馬

瞎了眼睛我屏氣說
媽媽不不我不知道
那是什麼滋味&抬
頭看向太陽
它的耀眼勾消一切
如果妳正在讀那麼
我活過這一世進入妳的那一世
妳啊就是妳跟弟弟說肚子餓
因此他偷了一隻烤雞

因此他把烤雞藏在他的天
—藍色襯衫下&讀者啊
這不是妳的錯妳
得工作妳得在血藍色的
曙光中起床熱
車妳的雙手
捧著即溶咖啡

把神奇牌麵包浸入煉乳
坐在停車場獨自
吃午餐讀者妳買鉛筆給我不會
說話的我所以我將自己寫入
沉寂媽媽我就站在那裡等妳
來讀我現在妳讀懂了我嗎妳
聽見救命啊救命啊了嗎妳啊就是妳
那時躲在村莊上方的

洞穴夢想把雞肉絲浸入
魚露妳這個白色
魔鬼女孩飢餓的鬼魂
妳說我不該這麼
餓的抬頭看
朱紅色葉子掃著和你弟弟襯衫一樣藍
的天我痛恨自己的飢餓妳拳頭上的
血管與罐子都是琥珀色執迷

是種空無就像沒有
文字的心靈他們說
不要再寫你的母親
但是我永遠無法拿出
在我粉紅色嘴巴深處
綻放的玫瑰我怎麼能
告訴妳這個當妳永遠
站在意義的右邊

當它把妳推入更深邃的空
白我怎能說妳弟弟
背上的那個彈孔不是
他的一部分而是屬於妳已離世的
弟弟
此刻他仍在
某處奔跑因為我是以
現在式書寫子彈
懸置在他的死亡後面像昆蟲

困在琥珀裡烤焦的
雞揣在胸前塵土自
拖鞋下揚起
他奔往未來
在那裡妳佇立於雨水
彎曲爬行的窗戶旁等候雷思禮街上的

濕答答腳步聲但是親愛的讀者
那只是妳的兒子

放學返家再度被
霸凌者把臉壓向棕色
泥土媽媽如果我說我才是
最快將指頭指向妳的人
妳會轉頭忽視嗎
我指向妳不不我直直
穿過妳在西貢
醫院的正中央
留下一朵閃亮的粉紅色

玫瑰讀者妳啊
無法讀
也無法寫卻書寫出一個兒子
來到人間沒有

字只是個一個音節多像
子彈它的熱氣充實妳
今天是星期四
（我們的，不是巴耶霍的）晴時

多雲有輕風我
跪下在
人行道書寫我們的名字
&等待這些字
昭示未來一個
指向出路的
箭頭我瞪了&瞪
直到天色太黑

看不清字跡螞蟻&牠的兄弟
早已回家夜色
潑黑了水泥地

我的手臂微暗如未完成的
句子讀者我剽竊
自己的人生
給妳最好的
我&這些字這些

昆蟲鯷魚
被藝術拯救&放逐的
子彈媽媽我的藝術就是這些
我排排
放在紙上的
屍體只為了告訴妳
我倆的現在式
仍猶未晚

1 玫瑰是作者母親的名字。王鷗行此詩寫作於母親過世後，時態穿梭過去與現在。

2 語出羅蘭・巴特的《哀悼日記》（*Mourning Diary*）。

3 星期四典故來自巴耶霍（見頁七注釋1）的詩〈白石上的黑石〉（*Black Stone Lying on a White Stone*），詩人不斷咀嚼自己前途茫茫的人生，說自己將死於某日，或許就是這個秋日裡的一個星期四。

4 此處跨越的「線」與刪掉的「一行」，英文都是用 line。同字歧義。

5 此處班恩應該是王鷗行的老師 Ben Lerner，美國詩人。

6 此處王鷗行用 passage，一語雙關，可以指子彈的移動，也可以指詩文的一段。

7 此處王鷗行用 lead(en)，以 lead 為前句尾，(en) 為下句首，蛻變自鉛（lead）的形容詞沉重（leaden）。

世界末日時的伐木

田野裡，一切之後，一盞街燈
映照一塊草地。

我剛剛活了過來，躺在街燈的溫暖光線下
&等待出路

此時男孩出現，躺到我身旁。

他穿了一件紅色忍者龜T恤
來自另一個時代，色彩久遠。

我認得他的眼睛：那是我搶救的黑鈕扣
來自末日時我覆蓋母親臉上的大衣。

你為何存在？我想知道。

我能感覺周圍的蟋蟀但是聽不見牠們。

戰爭終結日的教堂。

他就有這麼安靜。

我徒步離開的城鎮很小&很美國。

如果我保持雙膝落地，它會守住我的所有秘密。

當我們聽見伐木人靠近，摧毀
過去以建設未來，男孩開始哭了。
但是那聲音，那出來的聲音

是個老人。

我伸手到口袋
但是槍已不見。

一定是遺落在我埋葬
語言的前方路上。

沒關係，男孩終於說，我原諒你。

然後他親吻我有如將瓷器碎片歸還
我的臉頰。

顫抖。我轉身面對他。我轉身
&看見，褪色的紅色T恤，皺成一團在草中。

我將它蓋在臉上&安靜不動——和末日時我的母親一樣。

然後我的一生回到眼前。我憶起我的人生一如斧頭的把手，揮到一半，憶起了樹木。

&我自由了。

筆記與謝詞

第七頁的銘文來自 César Vallejo 的〈Agape〉，摘自《*The Black Heralds*》。Penitentiary Printing Press, 1919。Rebecca Seiferle 譯。Copper Canyon Press, 2003。

在〈最後的恐龍〉，「還有一次啊，連續數星期乾旱」一句的形構借自 Eduardo C. Corral 的詩〈Our Completion: Oil on Wood: Tino Rodríguz: 1999〉。

在〈南極洲的最後校園舞會皇后〉，「天空電閃／海洋眷戀／」以及「敝人我／就是地獄。大家都來了」分別取自與改自 John Berryman 與 Robert Lowell。

〈甚至不是〉指涉 Lil Peep 的歌〈Star Shopping〉。

〈刺點〉受到藝術家 Ken Gonzales-Day 的《抹去的私刑》（*Erased Lynching*）系列啟發。Ken Gonzales-Day, *Erased Lynching*, 2006, 十五幅噴墨，史密森尼美國藝術博物館，購自 Luisita L. 與 Franz H. Denghausen Endowment, 2012.12.2A-O, © 2006, Ken Gonzales-Day.

〈親愛的玫瑰〉，銘文來自 Ronald Barthes 的《*Mourning Diary*》，Richard Howard 譯，Farrar, Straus & Giroux, 2012。

作者想向以下刊物至上最深謝意，本詩集裡的部份作品最早出現於這些刊物，有的形式與詩名略異於現在：*Adroit Journal*、《波士頓評論》（*Boston Review*）、*Brick*、*Freeman's*、*Granta,*、《哈潑雜誌》、*INQUE*、*jubilat*、*The Kenyon Review*、*Narrative*、《新共和》、《紐約客》、《紐約時報》、《巴黎評論》、*Poets.Org,*、*Poetry*、*Poetry Northwest* 與《耶魯評論》。

〈親愛的T〉最早刊行於 *No*（YesYes Books, 2013），限量小冊發行，現已絕版。

感謝麥克阿瑟基金會與美國藝術家獎助金的支持與慷慨的長時間協助。感謝艾蜜莉．狄金生博物館，好心提供狄金生房讓我寫作，在那裡，〈沒事〉一詩初稿成形。

感謝那些永遠如夜裡應援船隻的人，是他們讓本書得以誕生，並督促這些詩邁向最好的型態，謝謝你們：Peter Bienkowski, Frances Coady, Eduardo C. Corral, Laura Cresté, Peter Gizzi, Ann Godoff, Ben Lerner,

Meghan O'Rourke, Robin Robertson, Jiyun Yun, 以及企鵝出版的王牌團隊。

譯後記

王鷗行的《時間是母親》明顯比上一個詩集《夜空穿透傷》（*Night Sky with Exit Wounds*）難度要高。不僅隱藏更多典故與更晦澀的自我參照（self-reference），裡面還有幾首詩的格律與形式對翻譯者來說，實在是痛苦的挑戰。

譬如〈親愛的玫瑰〉混合現在與過去時態書寫，譯者經常掙扎於要不要明確標出過去式，還是肯定讀者自能分辨事件的時態，因為英文裡順理成章的過去式，翻譯成中文就必須以「從前」、「曾經」等時態詞表現，損及詩的凝鍊美感。

更可怕的，〈親愛的玫瑰〉長七頁（英文一五九一字，中文二七一四字），全詩無標點，一千個譯者來翻譯，就可能有一千種斷句方式，進而改變詩的意象、節奏與意義。我前後校對三次，不斷改變斷句，以求最符合邏輯又最詩意的斷句呈現法。只能說盡力了。換個高強的譯者，或許能有更漂亮的面貌。

又譬如〈甚至不是〉（Not Even）裡，王鷗行連續六個詩句以 the way 開場，有的句子發生於過去，有的發生於現在。如實譯出句子不難，卻絕對無法保留它原有的格律。我翻來覆去好幾天，才很艱困地把 the way 拆成三個字，分別押在句首與句中，也就是以新的格律取代原有的格律。就像寫作極端注重音韻的諾貝爾文學獎得主艾芙烈・葉利尼克（Elfriede Jelinek）說的——她的作品無法翻譯，只能重新創作。

王鷗行是難度頗高的詩人，在攻克的過程裡，我幸有好友陳儀芬（淡江大學英文系助理教授）為伴，許多困難句子在我們的不斷討論下，幾經修訂，才得定案。
在此致上最深謝意。

並祝各位展卷愉快。雖然王鷗行說（閱讀是）放在雙手之間可見的傷損&能聽見的血液。

這個過程裡，譯者只是擔架。

藍小說 366

時間是母親

作　者—王鷗行
譯　者—何穎怡
美術設計—蔡南昇
內頁排版—芯澤有限公司
總 編 輯—嘉世強
董 事 長—趙政岷
出 版 者—時報文化出版企業股份有限公司
108019臺北市和平西路三段二四〇號三樓
發行專線—(〇二)二三〇六六八四二
讀者服務專線—〇八〇〇二三一七〇五・(〇二)二三〇四七一〇三
讀者服務傳真—(〇二)二三〇四六八五八
郵撥—一九三四四七二四時報文化出版公司
信箱—(一〇八九九)臺北華江橋郵局第九九信箱
時報悅讀網—http://www.readingtimes.com.tw
電子郵件信箱—liter@readingtimes.com.tw
法律顧問—理律法律事務所　陳長文律師、李念祖律師
印　刷—勁達印刷有限公司
初版一刷—二〇二五年五月二十九日
定　價—新臺幣四〇〇元
(缺頁或破損的書，請寄回更換)

時報文化出版公司成立於一九七五年，
並於一九九九年股票上櫃公開發行，於二〇〇八年脫離中時集團非屬旺中，
以「尊重智慧與創意的文化事業」為信念。

時間是母親 / 王鷗行(Ocean Vuong)著 ; 何穎怡譯. -- 初版. -- 臺北市 : 時報文化出版企業股份有限公司, 2025.05
面; 公分. -(藍小說 ; 366)
譯自 : Time is a mother.

ISBN 978-626-419-424-2 (平裝)

874.51　　114004531

ISBN 978-626-419-424-2
Printed in Taiwan